# LE
# COUP DE LUMIERE.

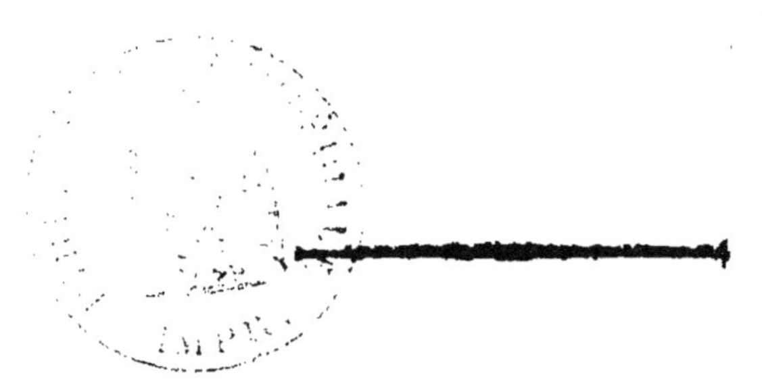

1789.

# LE
# COUP DE LUMIERE.

Nous avons trouvé la lettre suivante jeudi soir, à huit heures, près le passage du Saumon. Le cachet étoit brisé. Nous prions le particulier qui l'a écrite de nous pardonner la curiosité que nous avons eue de la lire, & l'indiscrétion que nous avons maintenant de la publier. C'est une faute ; mais nous aurions été coupables du crime de leze-nation si nous ne l'avions pas commise.

*Lettre d'un membre du comité des colons de Saint-Domingue, séant à Paris, à son ami, résidant à Saint-Domingue.*

Vous desirez, mon cher ami, que je vous communique la suite de nos opérations ; j'y consens ; ce sera toujours avec la même fran-

A

chiſe. Je ne rougirai ni ne craindrai de dire la vérité, car c'eſt à vous que j'écris, & je ſuis ſûr de votre diſcrétion.

Vous ſavez quel eſt notre but ; nous avons concerté des moyens pour y parvenir. Ont-ils ou n'ont-ils pas été exécutés ?

Notre but eſt d'affranchir, non pas la colonie, mais le commerce de la colonie. C'eſt une diſtinction eſſentielle & dont nous avons tous parfaitement ſenti la néceſſité dans la premiere aſſemblée générale des repréſentans. Nous avons tous reconnu que Saint-Domingue ne pouvoit exiſter ſans être dépendant ; & que dans l'obligation d'avoir un maître, quand nous n'en aurions pas déjà reconnu, & que nous euſſions été libres de faire un choix, nous aurions dû la préférence à la France, comme au plus riche, au plus facile à tromper, & au plus indulgent de tous. Que nous importe, au reſte, de paroître former un des anneaux de la grande chaîne ? L'eſſentiel eſt pour nous l'utile ; c'eſt de ne dépendre, pour nos intérêts, que de nous-mêmes ; d'avoir des relations, en temps de paix, avec toutes les puiſſances, & d'être protégés par la

France en temps de guerre, comme fi nous n'avions jamais eu de liaifons qu'avec elle. C'étoit la politique des jéfuites ; ils fembloient détachés de tous les biens de ce monde, & les convoitoient tous en effet. Marchons fur les traces de ces grands hommes, mais gardons de nous laiffer deviner comme eux.

Nous tenons que le fommaire de tous les principes, en fait de commerce, eft d'acheter à bon marché, de vendre à haut prix, & de ne pas payer fes dettes. Il eft indubitable que fi nous reuffiffons dans ce triple projet, notre île fera vraiment le pays d'*Eldorado*, tant & fi vainement recherché par je ne fais quel anglois, & dont le bon Candide rapporta de fi beaux moutons. Pour revenir aux nôtres, nous avons commencé par compter nos ennemis, & mefurer nos juges. Les premiers nous ont paru très-nombreux, très-ferrés, hériffés de raifons & de vérités. Je les compare à ces taillis fourrés d'épines, qui fe préfentent au-devant du chaffeur pourfuivant fa proie. J'efpere cependant, vu leur peu de crédit, qu'ils ne nous empêcheront pas d'atteindre la nôtre. Pour nos juges, ce font de grands & ftériles mapous qui, avec l'apparence de la force du chêne, ont toute la fragilité du roseau.

Pour terrasser les uns & convaincre les autres, nous avons sagement divisé nos forces en deux partis : l'un de députés à l'assemblée nationale, que j'appellerai l'armée *intra muros* ; l'autre de simples colons, que j'appellerai l'armée *extra muros*. Ces deux corps d'armée, réunis sous un même chef, marchant sous les mêmes enseignes, n'ont qu'un même esprit, & n'aspirent qu'aux mêmes lauriers.

Mais par une adroite politique, ces deux corps paroissent en guerre ouverte l'un contre l'autre ; & cette apparence a été si bien concertée, & s'est si bien soutenu jusqu'à présent, qu'elle a déjoué les plus fins. Par un autre coup de maître, nous n'avons composé l'armée *intra muros* que de fanfarons, d'impudens aboyeurs, de vrais hérauts d'armes à la voix de Stentor, qui font retentir tous les échos de la salle d'impostures, d'exagérations, de faits altérés ou supposés ; & c'est assurément la meilleure maniere de se présenter devant des juges, dont les 99 centiemes sont par état, par essence, dans le plus absolu dénuement de théorie & d'expérience sur la nature du procès qui leur eſt ſoumis. Qu'importe devant de pareils gens le menſonge ou la vérité? Peuvent-ils diſtinguer l'un de l'autre ? Le grand point eſt de froiſſer, d'enflammer l'imagination. Ce n'eſt pas un ſage médecin qui fera fortune dans une aſſemblée de villageois, c'eſt un bon charlatan à mouſtaches, qui aſſure d'une voix bien robuſte & bien tranchante, qu'il fait voir les aveugles & marcher les boiteux.

Il faut l'avouer, nos héros députés ont commencé par faire merveille. Ils ont crié que la colonie mouroit de faim; qu'elle manquoit abſolument de farines; que la France n'en pouvoit pas fournir un ſeul baril de toute l'année; que les Américains n'y en porteroient qu'autant qu'on leur permettroit d'extraire en paiement des denrées coloniales; que cependant il leur en falloit 500 mille barils; que l'horrible famine étoit à leur porte, & qu'il n'y avoit pas un moment à perdre ſi l'on vouloit ſauver le reſte de 500 mille hommes expirans. Juſques-là tout alloit à ſouhait, & j'ai vu le moment où l'aſſemblée nationale ouvroit tous les ports, & livroit toutes les denrées de la colonie aux étrangers. Ah! mon ami, quel beau jeu nous avions! Quelle

belle partie nous avons !... Mais non, je ne
défefpere pas encore de la gagner ; mais il eft
bien douloureux de voir reculer un fi beau triomphe. Vous êtes impatient d'apprendre la caufe
de ce fatal délai : d'abord un malheureux trait
de lumiere parti je ne fais d'où, accucilli je ne
fais pourquoi ; enfuite la fatuité de nos députés
qui ont voulu fortir de leur rôle.

*ô infandum !....*

Je vous ai dit, mon cher pays, que nous
comptions avoir pour adverfaires tous les négo-
cians de la métropole, & que c'étoit dans la
prévoyance de cette réfiftance que nous avions
divifé nos forces. Mais quoique nous penfions
bien que cet obftacle feroit le plus difficile à
furmonter ; quoique nous euffions, en confé-
quence, réfervé nos meilleurs guerriers pour
combattre ceux-ci, j'avoue que le premier moment nous a cependant un peu étourdis. Figurez-
vous l'élite des commerçans envoyés de tous les
coins du royaume ; d'infatigables calculateurs
qui, toifant notre pays, & mefurant nos efto-
macs, favent, à une once près, la quantité de
pain que nous pouvons confommer par an ; re-
pouffent par des faits toutes nos affertions hafar-

dées, & prouvent jufqu'à l'évidence l'injuftice de nos plaintes, & l'impatriotifme de nos demandes. Nous avons eu beau nous travestir, leur tendre une main fraternelle, défavouer à jamais la conduite des députés de Saint-Domingue, foins inutiles ; ils font armés de défiance & de foupçon ; ils font malheureufement perfuadés que l'intérêt eft le feul lien des hommes ; que les fermens font de brillans hochets qui peuvent féduire les enfans ; mais que ceux que la nature a émancipés confultent avant de former des liaifons, la pente fecrette & irréfiftible du moi hûmain.

Inftruits du danger, nous avons auffi-tôt volé vers nos députés. Gardez-vous bien, leur avonsnous dit, de vous mefurer en public avec les envoyés du commerce ; cachez le poignard fous le manteau, & portez vos coups dans l'ombre : fi vous defcendez fur l'arêne, vous êtes perdus.

*O vanitas !* .... Nos pygmées ont eu la folle témérité d'attaquer ces géants. Ils ont ofé écrire, ils ont ofé publier des mémoires, & faire une guerre de plume. Repréfentez-vous Therfite aux prifes avec Achille, ou Pradon avec Racine. Nos pauvres écrivains étoient de la même force, ils ont eu le même fort. Dès-lors adieu leurs éphémeres fuccès, adieu leur réputation d'hier, & ce qu'il y a de pis, adieu l'efpoir de voir, du moins auffi promptement que nous avions lieu de l'efpérer, l'affemblée nationale décréter l'ouverture de nos ports aux étrangers. Mais, direz-vous, & la calomnie, cette arme fi puiffante, dont Figaro fait un éloge fi vrai, ne pouvoit-elle donc fuppléer au défaut du talent? Non, mon ami, pas même cette reffource; la plume à la main, nos députés font tous des Bafiles; ils ont eu la honte du menfonge fans en recueillir le fruit. Cependant le procès n'eft pas encore jugé; il faut que nos députés, n'ayant pu jouer le rôle du lion, fe rabattent de nouveau à celui de fon compagnon de chaffe. Il faut que leurs voix effrayantes tonnent encore dans tous les coins de la falle; & fi ce n'eft par la force des raifons, qu'ils triomphent du moins par celle des poumons. C'eft là notre derniere planche dans le naufrage, & j'efpere qu'elle nous conduira au port. Enfin, malheur à nos adverfaires fi ce moyen étoit encore employé fans fuccès. Qu'ils tremblent : de marchands à accapareurs de fari-

nes, la différence eft infenfible aujourd'hui, &
vous fentez où cela mene.

Vous voyez, mon ami, où nous en fommes
fur la grande queftion. Mais qu'elle foit jugée
ou non en notre faveur, nous avions une autre
corde à notre arc, que nous avons employée avec
un fuccès complet. C'eft de quoi il me refte à
vous parler. Je vous ai mandé par ma derniere,
que l'on avoit ici la plus grande peur que la fa-
meufe déclaration des droits n'excitât là bas
une infurrection parmi les noirs. L'ami M.... a
fait des merveilles fous fon mafque ordinaire.
Tout en déclamant pour la liberté de nos colo-
nies, il a porté à fon comble la frayeur qu'on
avoit qu'ils ne l'ufurpaffent. Alors nous fommes
venus à l'appui ; je dis nous, parce que fur cet
objet nous n'avons pas craint de paroître réunis
à nos députés. Nous nous fommes entourés d'un
voile fi impofant, nous avons affecté dans cette
affaire tant de commifération pour les intérêts
du commerce, & tout nous a fi bien fervi, que
nous fommes venus à nos fins. En un mot, mon
cher ami, nous avons obtenu des affemblées coloniales dont l'unique motif femble être de con-
certer les moyens de retenir nos negres dans la

déperdance & le véritable but de nous emparer de l'administration de l'île. Celui de nous que nous avons expédié muni de cette permission, vous aura sans doute mis dans la confidence de tous les ressorts dont le jeu doit nous conduire à ce but important. Prenez bien garde, mes amis, de ne pas vous laisser pénétrer. Vous avez dans ce Peinier un terrible Argus. Ah! je sens ici se renouveller tous mes regrets de la perte du bon & généreux du Chilleau. Nous lui avons décerné une statue, il faut qu'elle soit d'or ; il nous en a assez procuré pour cela.

Nous travaillons de toutes nos forces à vous donner un intendant selon notre cœur, un homme d'un esprit diamétralement opposé au dur Marbois, à cet inflexible Caton, qui a remporté un si cruel triomphe sur notre superbe triumvirat. Ah! si cet intendant étoit un certain M.... Nous y ferons assurément tous nos efforts. Quoi qu'il en soit, si la fortune nous traverse encore dans ce choix, si l'on accole au Peinier un homme de son espece, les choses seront vraiment au pis. Mais les assemblées coloniales vous fournissent des moyens immenses, & des ressources inépuisables. Concentrez-y la confiance

& les forces de l'île, & ne vous inquiétez pas du reſte.

En attendant, mon cher pays, ſuivez, croyez-moi, le plan que je viens de tracer à mon gérant. N'achetez que l'indiſpenſable, réſervez toutes vos denrées pour les Américains, & gardez-vous ſur-tout de vous preſſer de payer votre correſpondant de France. Tout s'acquittera *avec le temps.*

J'ai l'honneur d'être, &c.